Père Thomas PHILIPPE o.p.

D1734369

Le temps
des forces vives

chez l'adolescent

Éditions SAINT-PAUL

AUX ÉDITIONS SAINT-PAUL

DU MÊME AUTEUR :

... Des miettes pour tous, 1994, 220 p.

Dans la même Collection :

L'Eveil à l'amour du tout-petit, I994, 32 p.
Les chemins de lumière chez l'enfant, 1994, 32 p.
Une nouvelle maturité chez nos aînés, 1994, 32 p.
Le Quart d'heure de prière, 1994, 32 p.
Pour une vraie joie – les béatitudes, 1994, 44 p.

Le texte de cet ouvrage rassemble des extraits de notes prises par des auditeurs (membres de la Communauté de l'Arche) lors des cours donnés par le Père Thomas PHILIPPE sur les AGES DE LA VIE en 1972-73.

Nihil Obstat : Edward D. O'Connor csc, le 13 mai 1994
                  Michel de Paillerets o.p., le 25 mai 1994

Imprimi potest : Eric de Clermont-Tonnerre o.p.,
                  le 1er juin 1994

L'adolescence doit essentiellement être considérée comme l'âge de la croissance, et on doit la rattacher au texte de saint Luc où il est dit que « Jésus croissait en sagesse et en âge » (Lc 2, 52). La charité de Jésus, étant donné qu'il était Fils de Dieu, ne croissait pas en profondeur, mais Jésus « croissait en sagesse et en âge », et cette croissance a une signification divine.

Si le tout petit enfant et l'enfant croissent et se développent au plan physique beaucoup plus que l'adolescent, il semble que c'est chez l'adolescent que cette croissance prend toute une signification au plan psychique. Autrement dit, l'adolescent a une conscience de croissance qui n'est pas du tout celle du tout petit enfant ni même celle de l'enfant. Par le fait même, l'adolescence se caractérise par une conscience tout à fait nouvelle du temps et du progrès, qu'on ne pourra pleinement expliquer qu'en recourant à une nouvelle motion de Dieu.

La conscience de l'adolescent passe de plus en plus sous le signe de la vie, et de la vie qui se manifeste avant tout comme une poussée, une croissance, un progrès pouvant apparaître en quelque sorte comme sans limite. C'est la première conscience de la vie que nous avons, et qui est très importante, parce qu'on voit bien dans la Genèse que Dieu, après avoir créé un monde de lumière, a créé le monde de la vie, qui est essentiellement un monde de croissance : « Croissez et multipliez-vous » (Gn 1, 22).

Pour bien comprendre le passage de l'enfance à l'adolescence, il nous faut donc considérer d'abord la conscience de l'adolescent. Mais il nous faut distinguer tout de suite un deuxième aspect, celui de la puberté proprement dite, avec toute la question de la sexualité. C'est bien au moment de la puberté qu'on trouve très fort chez l'homme un certain sens de l'absolu, dans la recherche du bonheur, ou du moins dans la recherche d'un plaisir maximum, avec tout ce que cela peut comporter comme attente et comme curiosité. Ce sens de l'absolu, l'adolescent l'acquiert aussi avec le sens de la mort, qu'il découvre d'une façon toute nouvelle à ce moment-là.

L'âge de la croissance et des forces de vie

On trouve bien d'abord chez le jeune la conscience de sa croissance physique : l'adolescent prend conscience de ses forces, il peut collaborer aux travaux de ses aînés, de ses parents ; il réalise qu'il ne doit plus seulement recevoir des autres de façon passive, mais qu'il est maintenant en mesure d'apporter son aide active.

Cette conscience de ses forces vives, qui sont pour lui des forces nouvelles qu'il n'avait pas auparavant, donne au jeune un sens nouveau de la mémoire. La mémoire n'est pas seulement l'amas des souvenirs qu'on emmagasine, mais elle implique aussi un certain sens du temps, qui entre comme un élément capital dans notre conscience. L'amour, pour s'approfondir, a besoin de la durée, a besoin du temps pour avoir toute une épaisseur, tout en restant profondément dans une continuité.

Chez le petit enfant, l'affectivité profonde vient essentiellement de ce qu'il est très sensible aux aspirations et aux appels émanant du milieu où il se trouve et des personnes qui l'entourent. Par contre, dans cette nouvelle conscience de vie, le jeune sent des impulsions en lui qui ne sont pas uniquement instinctives. Cette sorte d'élan qui vient de l'intérieur est en même temps en harmonie avec un appel venant de l'extérieur qui, par le fait même, n'est plus uniquement extérieur.

Nous trouvons ici l'élément nouveau, comme le noyau essentiel de cette première phase de l'adolescence, dans cette croissance, ce progrès, cette générosité même, « générosité » étant pris dans son sens originel, où la vie se donne sans calcul et sans réserve. Le jeune sent en lui des forces vives qui lui apparaissent comme illimitées, et qui lui donnent par le fait même une sorte d'espérance naturelle, qui aura bien besoin d'être fortifiée, approfondie et surnaturalisée par l'espérance proprement théologale.

Ce sens nouveau des forces de vie qui sont en lui donne à la conscience du jeune sa signification et s'enracine immédiatement dans sa conscience d'amour ; il en jaillit directement. C'est pour cela qu'il faut, pour l'expliquer, recourir à une nouvelle motion de Dieu. Saint Jean dit que Dieu est Lumière, mais aussi qu'il est la Vie : Il se révèle à nous sous cet aspect de la vie, dans cette espèce de croissance qu'il y a en nous. Si bien que pour l'expliquer, le théologien doit recourir directement à Dieu. Dieu Créateur et Providence peut seul être la cause propre de ce seuil nouveau, par où l'homme passe de l'enfance à l'adolescence.

Ces forces de vie doivent demeurer à l'intérieur du monde de l'amour, et non être considérées comme des forces agressives ou comme une volonté de puissance pour l'en affranchir. Le jeune aura la tentation en quelque sorte de s'approprier cet élan de vie, ce besoin de progrès indéfini, au lieu de le rattacher à Dieu et de prendre conscience qu'il a encore plus besoin de la motion intérieure de Dieu et de la protection et de la direction extérieures de sa Providence.

Avec cet élan de vie apparaît chez le jeune toute une série de besoins nouveaux : d'abord le besoin, je dirais, de se perpétuer qu'il y aura dans la génération, mais qui n'est pas lié nécessairement à la sexualité. Il y a certainement un besoin en nous d'avoir des amis, pour nous continuer, pour qu'ils puissent faire ce que nous ne pouvons pas faire nous-mêmes, pour briser en quelque sorte nos limites. A cela se rattachera très fort, je pense, tout le besoin de la création artistique, qui se distingue d'un travail purement mécanique, ce besoin de créer de nouvelles figures, de faire une œuvre... A ce moment-là également naît vraiment en l'homme le besoin de la recherche scientifique, du progrès dans le domaine de la connaissance, une sorte de curiosité intellectuelle.

C'est aussi à cet âge qu'apparaît, avec le besoin d'amitié, un certain besoin de poésie. Je prends le mot « poésie » dans un sens très profond, je le préfère à « sublimation », car il recouvre un sens plus général. Disons que c'est un besoin d'idéalisation : le jeune adolescent a besoin, dans sa créativité, non seulement de réaliser des œuvres libres, spontanées, qui lui permettent de s'exprimer, d'exercer ses forces de vie, mais il a besoin d'idéalisation, de se représenter dans des symboles un idéal qui le dépasse et qu'il ne peut encore réaliser.

Le jeune a aussi besoin de se dépenser, c'est comme une nécessité pour lui de prendre conscience de ses forces de vie et en même temps de les développer par le sport et l'exercice physique. Il manquerait toute une dimension à un adolescent qui travaillerait tout le temps dans son bureau, uniquement d'une façon livresque ; un jour ou l'autre tout un domaine d'intuition lui manquerait.

Une spiritualité de l'espérance

La grande tentation de l'adolescent à ce moment-là sera la fausse indépendance : l'indépendance de la vie par la violence et par la force. C'est très frappant dans l'Évangile : les fautes que Notre-Seigneur semble reprocher avant tout aux hommes sont les fautes de désobéissance unies à l'orgueil et les fautes de violence. Jésus n'est jamais sévère pour toutes les fautes de faiblesse, comme les fautes de la chair.

Ce nouvel élan de générosité qui pousse le jeune à dépasser les appels de son entourage, vient directement de ce qu'il y a de plus profond en lui : c'est une nouvelle dimension de la conscience d'amour, qui suppose donc une intervention immédiate de Dieu, cause propre de l'amour en même temps que de la lumière et de la vie, pour reprendre les trois grands thèmes de saint Jean. Ce nouvel élan de générosité fait pressentir déjà au jeune, au moins de façon obscure, que la vie, dans son élan, peut dépasser l'univers de la lumière, qu'elle peut nous rapprocher encore plus de Dieu.

Les derniers progrès de la science, toutes les découvertes de l'énergie atomique en particulier, nous font découvrir que, de fait, il y a dans la vie une espèce d'élan au-dessus de toutes les lois qui sont dans la nature. C'est pourquoi il faut toujours qu'il y ait une espérance qui dépasse ce sens de la vie, et qu'il sera très important de donner au jeune toute une spiritualité de l'espérance, pour que cet élan vital ne le pousse pas à avoir une indépendance totale par rapport à Dieu et par rapport à tout l'univers.

Dieu, dans sa pédagogie divine, se sert du corps du jeune et de sa croissance, pour lui donner un nouveau sens de la vie, qui ne trouvera toute sa signification qu'avec l'espérance, et qui va jouer un rôle considérable dans son rapprochement avec lui.

Le besoin d'une nouvelle communauté

A cause précisément de l'élément de croissance qui caractérise son âge, l'adolescent a besoin d'une communauté plus dynamique que la famille, mais en même temps plus profonde en ses racines et aussi plus vaste. L'adolescent a comme besoin d'avoir, même avec ses frères et sœurs, des relations nouvelles, immédiates, qui ne passent plus par les parents et ne découlent plus de la naissance, mais qui viennent immédiatement de son choix, de la liberté de son amour et de ses préférences, c'est-à-dire qui naissent proprement d'une amitié.

C'est donc bien à cet âge qu'apparaît dans la vie de l'homme le sens de l'amitié : l'amitié comme quelque chose de nouveau, venant aussi de Dieu, l'« agapé » en tant qu'elle est distincte de l'« éros », d'un amour naturel ou d'un amour physique. L'enfant reste au plan des affections naturelles, qui sont toutes commandées par l'affectivité profonde et le milieu naturel dans lequel il est. Il faut en quelque sorte que le jeune ait le sens d'une certaine liberté, même par rapport aux conditions naturelles de l'univers, pour que des amitiés nouvelles apparaissent dans sa vie.

L'amitié est une des premières données qui permettent d'unir la spontanéité dans une liberté nouvelle et une certaine détermination, impliquant une certitude et une efficacité qui sont les qualités propres de l'intelligence et de la volonté. L'amitié est beaucoup plus que la sympathie : celle-ci risque d'être velléitaire. L'amitié ajoute un choix et un engagement de la volonté, elle mobilise notre force vitale, c'est-à-dire notre agressivité en son fond au service de nos amis.

Saint Thomas d'Aquin rattache d'abord la morale au point de vue de l'amitié, c'est une des notes nouvelles que la morale doit prendre chez le jeune, très différente de l'attitude propre à l'enfant. L'amitié est une aide indispensable au jeune pour qu'il puisse garder une vie morale dans son travail et ses loisirs, les deux activités essentielles dans la vie du jeune, nécessaires pour répondre à cet élan vital qui est en lui.

La tentation particulière de l'adolescent sera de considérer l'acquisition des diplômes comme un bien en soi, indépendamment de la morale ; ou de donner libre cours aux valeurs artistiques, à tout un point de vue esthétique, de faire toutes sortes d'expériences, comme si pendant ce temps-là sa vie morale n'était pas tellement nécessaire. C'est pourquoi il me semble tellement important de voir que cette vie morale évolue, qu'elle doit toujours garder le primat dans la vie humaine, qu'elle trouve une forme nouvelle à l'adolescence par ce point de vue de l'amitié.

Place de l'éducation

L'homme, en fait, a besoin, en dehors de sa famille, d'un autre milieu pour son développement et pour sa formation profonde. De fait, le jeune passera plus de temps conscient et vécu à l'école que dans sa famille, et ce temps aura pour lui autant et même plus de valeur qualitative. Cependant aucune des institutions qui s'y rattachent ne semble pouvoir répondre à ses besoins les plus profonds.

Dans l'Antiquité, c'étaient les philosophes qui avaient la grande tâche de former la jeunesse, et c'est ce qui faisait d'ailleurs que la philosophie n'était pas académique. Chez les Juifs, les docteurs de la Loi ou les prophètes réunissaient autour d'eux quelques disciples, mais cela restait assez limité.

C'est seulement avec le christianisme que l'éducation s'est peu à peu élargie à tous et c'est l'Église qui la première s'en est occupée. L'Église n'a jamais renoncé à son rôle au niveau de l'éducation générale, mais il faut la considérer surtout à ce point de vue de l'éducation du cœur, de la foi, de l'espérance et de la charité, qu'elle seule peut donner et qui est primordial.

Par l'Église, la religion apparaît essentiellement comme une religion de frères et d'amis, une religion d'espérance, comme une grande école. C'est pour cela que, dès qu'il n'y eut plus de martyrs, apparut la consécration religieuse. La vie religieuse, en effet, fut essentiellement conçue dès le début comme une école de perfection et non pas comme une sorte d'association de culte, mais une école pour ceux qui voulaient réaliser la charte du Sermon sur la montagne.

Chez beaucoup de chrétiens, l'espérance est encore trop conçue comme un prolongement pratique de la foi et non comme un nouveau don de Dieu, plus proche de Dieu que la foi, parce qu'elle est plus proche de la charité et qu'elle s'enracine en nous dans tout cet élan de vie qui caractérise l'adolescence. Elle est quelque chose d'extrêmement mystérieux ; elle suppose un don de Dieu qui va venir surnaturaliser l'élan vital, lui donner une direction. Tout un aspect de l'espérance est donné dans l'Église de Jésus par le fait qu'elle est comme une annonce du ciel.

Le rôle du père spirituel

Pour le chrétien, toute paternité vient directement de Dieu, de la personne même du Père, qui seul est pleinement « le Père ». Comme nous l'avons vu à propos de l'éveil de la conscience morale et de ses liens avec la foi et l'espérance, les parents apparaissent très tôt à l'enfant comme des représentants de l'autorité de Dieu, et c'est ce qui donne à l'enfant le premier sens de la tradition, qui est déjà une certaine spiritualisation de la famille. Mais avec l'adolescence, le jeune découvre qu'il a besoin d'un nouveau représentant du Père, un père qui ne remplace pas son père de la terre mais le complète selon de nouvelles dimensions qui s'ouvrent à sa vie humaine ; il a besoin d'un père spirituel.

La première note caractéristique du père spirituel est d'être essentiellement l'homme de Dieu, ou plus précisément du Royaume de Dieu, ce Royaume que tous les vrais prophètes ont annoncé et que Jésus a inauguré : « Le Royaume de Dieu est là ». Il sera en même temps l'homme de l'Église, sous l'aspect de cette nouvelle religion que Jésus est venu établir, qui est essentiellement une communauté spirituelle à la fois une - c'est-à-dire intérieure et sainte - et universelle, qui peut donc offrir au jeune la nouvelle famille, la nouvelle amitié dont il a besoin : à la fois basée sur le roc, ferme, stable, et en même temps spirituelle, donc libre et tout ouverte.

Ce représentant de Dieu doit être en même temps un frère et un ami des hommes. La prédilection de Jésus pour le terme de « frère » est très frappante dans l'Évangile : « Tous vous êtes des frères. N'appelez personne votre père sur la terre… » (Mt 23, 19). Ce frère ou cet ami des hommes ne s'impose pas, il est un frère et un ami spirituel, de cette amitié et de cette fraternité nouvelle qui, parce qu'elles viennent de l'Esprit, justement, sont consenties librement. Et il faut remarquer à ce propos que si Jésus a choisi douze apôtres, c'est pour bien montrer que, dès l'origine, il voulait une diversité, une pluralité dans les spiritualités.

Ce frère, cet ami des hommes, doit être aussi un homme compatissant qui connaît dans sa propre vie les misères et les faiblesses des hommes. Il faut qu'il soit capable de répondre à ce nouveau besoin d'absolu, de fin ultime, qu'il y a chez le jeune, en lui présentant une fin dernière réelle et non pas simplement symbolique, qui lui donne la force de résister aux jouissances terrestres, et en même temps à toutes les tentations de mort qui sont les plus fortes que l'adolescent peut connaître.

Enfin, cet homme de Dieu, capable de former le jeune à l'école des apôtres et des saints, doit être en même temps l'homme du pardon. A cet âge de l'adolescence, l'homme découvre d'une façon nouvelle qu'il est pécheur, et pécheur non seulement par ses fautes personnelles, mais je dirais par son état originel, c'est-à-dire par son appartenance à une race de pécheurs, à un monde déséquilibré par la première faute. Cependant, il ne doit pas en être découragé parce qu'il peut recevoir un don d'amour beaucoup plus grand, Dieu pouvant tout faire tourner en bien au plan de l'espérance.

Le point de vue pastoral

A notre époque, c'est un fait d'expérience que l'on reste jeune beaucoup plus longtemps qu'autrefois. Si au plan des informations on connaît beaucoup plus de choses qu'avant, cela arrête aussi un certain développement du cœur. Le jeune a en effet un certain élan vital, une certaine force d'attention ; s'il la fait porter très fort sur l'acquisition de connaissances, il risque d'avoir une volonté plus affaiblie, et alors ses qualités profondes du cœur, qui finalement doivent être la synthèse, risquent de se développer beaucoup plus tard.

A l'aurore de cet âge nouveau qu'est l'adolescence, le jeune a donc besoin d'une nouvelle effusion de l'Esprit Saint qui lui est donnée avec le sacrement de Confirmation. Comme le mot même l'indique, la Confirmation est un renouvellement du baptême, qui le confirme dans sa petitesse et dans la présence agissante du Saint-Esprit en lui, pour qu'il puisse encore davantage affronter l'avenir.

La Confirmation est par excellence le sacrement du jeune. Il reste en nous et nous ne le recevons qu'une fois. Nous vivrons plus ou moins notre Confirmation suivant que nous y recourrons plus ou moins ; c'est un secours permanent que nous avons. L'Église de Jésus est l'Église des tout-petits, mais il ne faut pas oublier qu'elle est aussi l'Église des jeunes, l'Église des « soldats du Christ », où l'on voit comment tout cet élan vital de l'adolescence peut être transformé par l'espérance.

Le jeune doit devenir un apôtre et mettre au service de Jésus et de son Église ce nouveau don et ce nouveau besoin d'amitié qu'il ressent si fort. De tout temps l'amitié et l'apostolat ont été très unis, et il semble que le Saint-Esprit, en suscitant à notre époque toutes sortes de communautés, veut faire redécouvrir ce point de vue très profond de l'amitié dont les jeunes actuels ont besoin plus que jamais.

Mais la Confirmation nous fait comprendre qu'il ne faut pas attendre d'être parfait pour être apôtre, que c'est plutôt en étant apôtre qu'on arrive à se perfectionner et à s'approfondir. De fait, il y a un âge apostolique qui sera toujours nécessaire pour approfondir même sa vie intérieure, et qui n'en est pas simplement comme un débordement.

A ce moment-là aussi, le jeune a besoin d'une façon toute nouvelle des deux sacrements de l'Eucharistie et de la Pénitence. Dans l'Eucharistie, Dieu donne cette vie continuelle qui est signifiée par le pain, et aussi cette espèce d'enivrement qui correspond au signe du vin. Or, l'âge de l'adolescence présente bien ces deux aspects : cet aspect de croissance et des forces de vie sur lequel nous avons insisté jusqu'ici, et aussi cet autre aspect que nous étudierons avec la puberté : ces jouissances extrêmes, cette disconti-nuité, un certain besoin d'absolu, qui se trouvera aussi bien dans la recherche de toutes sortes de jouissances que dans une certaine fascination par rapport à la mort. Or, dans l'Eucharistie, Jésus a voulu nous montrer que son Corps et son Sang étaient capables de prendre cette dimension d'amour qui nous pousse à progresser d'une façon vitale, graduellement, mais aussi ce feu en quelque sorte, ce point de vue de l'enivrement, cette espèce d'excès...

Le sacrement de Pénitence s'applique non seu-lement aux fautes conscientes, mais à tout ce domaine de l'inconscient qu'en fait le jeune découvre et qui est une des raisons de son désé-quilibre, à notre époque surtout. Le jeune découvre en lui des espèces de forces très puis-santes qu'il ignorait jusque là ; ses rêves l'affolent et le troublent. Par son pardon, Jésus purifie lui-même tout cela, sans qu'on ait besoin de faire des espèces d'analyses qui, bien souvent, ne font qu'exacerber ce que l'on ressent. Par là-même, le père spirituel apparaîtra comme le médecin divin, le médecin intérieur de l'âme et du corps, parce qu'au fond ces domaines sont tellement liés ! C'est un autre aspect du père spirituel, qui peut être très important pour le jeune.

Apparition de la sexualité

Le corps, signe d'une destinée surnaturelle

La seconde étape de l'adolescence, celle de la puberté et de la sexualité, se caractérise par la découverte du corps. Le corps de l'homme et de la femme sont signes et instruments de leur destinée d'amour, ils ont été façonnés par Dieu dans un but d'union et de don. L'adolescent découvre donc l'intimité de l'âme et du corps, celui-ci n'étant pas seulement un instrument de jouissance ou de domination, ni même de travail, contrairement aux idéologies actuelles.

Ces données se fondent sur saint Paul, pour qui le corps est un signe et un instrument, mais plus profondément et plus universellement le signe d'une destinée d'amour. Pour saint Paul, le mariage est un très grand sacrement qui n'est pas contenu dans une simple cérémonie ; la vie des époux est instituée sous le signe du sacrement de mariage qu'ils vivront jusqu'à la mort. Saint Paul ajoutera que ce sacrement n'est encore qu'une figure, la réalité étant le mystère de l'Église, de Jésus et de son Corps mystique. L'amour du Christ pour son Église fonde tout mariage chrétien (cf. Ep. 5, 25-32).

Saint Paul insiste sur ce point de vue de l'amour, mais il ne s'agit pas d'une destinée naturelle, terrestre ; c'est une destinée éternelle, surnaturelle, qui exigera le secours de l'Esprit Saint pour se réaliser pleinement. Il ressort nettement de l'Écriture que la destinée surnaturelle de l'homme ne sera réalisée dans sa plénitude que dans le Royaume de Dieu, par et avec le second avènement de Notre Seigneur, dans un milieu nouveau, avec des cieux nouveaux et des terres nouvelles, grâce à une lumière et une vie nouvelles. Cependant, cette destinée éternelle commence dès maintenant par un don de Dieu, pour un nouvel amour, qui est surnaturel en sa source et sa fin, et qui a proprement un mode extatique.

Un des grands mystères de l'âge des noces est cet amour sous forme de feu, capable de tirer le jeune homme ou la jeune fille hors de leur milieu familial respectif, de leur faire dépasser leur profession, leurs amitiés, leurs occupations habituelles, pour fonder un foyer et commencer une vie toute nouvelle. Il faut comme une force de feu pour réaliser cette nouvelle forme d'amour qui paraît un peu folle.

Ce moment des noces est donc comme un sommet visible dans la vie humaine, positif, c'est-à-dire signifié, mais surtout un signe de foi et d'espérance. La réalité de l'amour, communion et don, ne sera achevée qu'au ciel. Sur terre, ce n'est encore qu'un signe-symbole, un signe d'espérance, et non pas, avant tout, une réalité présente et actuelle.

Dès le début de la Révélation, au livre de la Genèse, nous savons que Dieu crée l'homme, homme et femme. Dès l'origine apparaît donc le lien avec l'union conjugale. On trouve ensuite le Cantique des Cantiques et les images symboliques chez le prophète Osée. Enfin Jésus, désigné comme « Époux » par Jean-Baptiste au commencement de sa vie publique, compare lui-même le Royaume de Dieu à un banquet de noces, ou aux noces elles-mêmes avec la parabole des vierges sages et des vierges folles (Mt 25).

Avec l'âge de la puberté et l'entrée dans l'âge mûr, la fin ultime se précise donc, dans son contenu à la fois objectif et idéal : elle est avant tout un mystère d'amour, de communion et de don, et non d'abord un mystère de connaissance ou de réalisation active. Mais en même temps, il est très important de le noter, cette fin ultime s'éloigne dans sa réalisation plénière.

C'est sûrement là une des grandes épreuves du jeune qui prend mieux conscience de tous les éléments qu'implique l'ensemble de sa destinée, mais qui découvre aussi qu'il est plus éloigné qu'il ne l'aurait cru : il ne peut s'en approcher que par des étapes, des jalons. En réalité, je pense que la vraie maturité se découvre en cela. C'est une fausse conception de la liberté que de ne jamais vouloir s'engager, prendre de décision. C'est bien ce choix qui se présente à l'âge de la puberté, où l'on découvre la fin ultime, cette fin qui est en fait dans un « au-delà ». Mais, en même temps, il faut savoir prendre une décision au niveau de toutes les réalisations possibles.

Il y a donc, à cet âge, comme un double écueil, un double danger. D'abord la tentation de prendre certains moments de bonheur, qui sont essentiellement apparents et passagers, comme étant une réalité plénière et substantielle. L'autre danger est de prendre ces moments de bonheur, tous ces éléments que découvre le jeune, comme totalement étrangers à la fin dernière, et même mauvais en eux-mêmes, ou sans aucun lien avec la vie surnaturelle.

C'est ici qu'on voit que dans les desseins de Dieu, sexualité et mort jouent un rôle complémentaire. Dieu a voulu que ces deux grandes découvertes soient faites par l'homme en même temps, au même âge de la vie. La sexualité lui découvre une sorte d'absolu positif et, en fait, c'est bien à ce moment-là que naît chez l'homme le besoin de bonheur. Mais il faut voir que c'est aussi à ce moment-là que l'homme découvre vraiment le sens de la mort, et le malheur. Ces deux choses sont complémentaires dans la vie de l'homme. Le bonheur est un absolu positif ; et puis la mort, de façon brutale, oblige à admettre que ce maximum reste éphémère, qu'il n'est pas la fin dernière, qu'il lui manque un de ses caractères essentiels : l'éternité.

Ni la psychologie, ni la sociologie, ni de façon plus générale la science et ses techniques ne peuvent donner l'explication dernière de la sexualité. La sexualité, comme la naissance et la mort, est un mystère pour l'homme. Cela implique qu'une sexualité bonne, c'est-à-dire vraie et juste, est l'œuvre propre de Dieu. Elle suppose une véritable intervention de Dieu, tout à fait nouvelle, sous forme de ce nouvel amour de feu dont nous avons parlé.

D'autre part, il faut reconnaître que c'est aussi dans ce domaine que se manifestent de la façon la plus consciente et la plus éclatante les conséquences du péché originel. Dieu intervient toujours, mais depuis la faute, son intervention directe est voilée par tout un déchaînement de l'imagination qui, habituellement dans l'homme, précède, accompagne et suit cette intervention de Dieu. Bien sûr, la grâce précède toujours la nature. Mais, de fait, dans ce domaine, l'imagination est tellement débordante qu'elle voile complètement les tout petits indices de Dieu. C'est pour cela qu'il faudra l'Incarnation et l'expérience des mystiques pour que nous découvrions que l'amour de Dieu se manifeste sur cette terre non seulement sous le signe d'une brise légère, de la paix, de l'eau vive et des forces vives, mais encore sous le signe du feu.

Le théologien admet bien ce feu intérieur au plus profond de la conscience de l'homme. Il faut y voir une certaine analogie avec l'atome : dans l'être humain, on trouve des capacités de feu de la matière elle-même. Il est d'ailleurs bon de noter que l'homosexualité, l'alcoolisme et la drogue se rattachent à ce point de vue. Les médecins et les psychologues les plus perspicaces y trouvent une parenté très profonde : ce sont des déviations certes, mais à partir d'un même besoin inscrit dans l'homme, et qui se rattache à ce point de vue du feu.

On peut ramener les découvertes que fait l'adolescent au moment de la puberté à quatre éléments, très liés entre eux dans la réalité :

- Des capacités nouvelles liées au sens du toucher. Celui-ci intervient spécialement dans certaines parties du corps, les « entrailles » de son être, apportant une sensation de jouissance particulière, très véhémente, à la fois vive et profonde, très chaude et très intime, avec des répercussions sur le corps tout entier.

- Une *nouvelle sensibilité spirituelle* supérieure, qui va harmoniser et unifier les données de la perception et de l'imagination et leur donner une nouvelle signification. C'est le rôle des prophètes – dans le sens très vaste du mot, des prophètes de l'Ancien Testament, mais aussi des saints, des poètes même en tant qu'ils peuvent être inspirés par Dieu – de former en nous cette sensibilité spirituelle. Elle peut, en effet, être éveillée et développée, comme, au contraire, être complètement étouffée.

Pour le jeune homme, la jeune fille devient symbole de pureté, de fraîcheur. Elle lui apparaît comme une personne qu'il doit protéger et défendre. Inversement, pour la jeune fille, le jeune homme devient le symbole d'une certaine protection, d'une certaine puissance, d'une certaine force.

Tout naturellement, cette sensibilité nouvelle fait naître un nouvel amour qui sera à l'origine de ce besoin d'avoir un ami ou une amie privilégié, unique, vis-à-vis duquel il y aura promesse et engagement : l'amour des fiancés, qui est différent de ce besoin d'amitié entre frères et sœurs spirituels dont nous avons parlé à propos de l'élan vital. Ici, il s'agit proprement de l'amour pour la personne, et non pas seulement pour ses qualités, ses virtualités ou ses activités. Dans la jeunesse, les amitiés sont centrées la plupart du temps sur le travail ou les loisirs ou un certain bien commun. Bien sûr, l'amitié peut aller jusqu'à la personne en tant que telle, mais la personne est tout de même atteinte de cette manière. Le moment vient ensuite où l'on éprouve le besoin d'aimer la personne pour elle-même, d'un amour qui réalise une véritable union entre deux personnes. C'est la caractéristique de l'amour des fiancés et des époux.

- Un certain *débordement imaginatif,* par le fait même de tout le travail intérieur qui se réalise dans le corps, et qui se manifeste dans les sensations particulières dont nous avons parlé. L'enfant vit essentiellement dans le passé qu'il se représente, son imagination est très liée à la mémoire. Par contre, on trouve chez le jeune

une véritable imagination créatrice, en ce sens qu'elle établira même des images tout à fait opposées, contradictoires et absurdes, pour tâcher de voir ce qui peut s'en dégager. Cette imagination n'est plus représentative, elle tente de viser quelque chose par des touches contradictoires, avec toute une fonction de sublimation, que ce soit dans l'art ou dans le rêve, d'idéalisation et de symbolisation. Ceci est très sensible dans une certaine attitude contemporaine.

A côté de cette imagination créatrice, pouvant prendre des formes extraordinaires, et particulièrement dans tout le domaine de la sexualité, nous trouvons aussi chez le jeune une imagination destructrice, qui provient de la découverte de la mort, et qui est peut-être à notre époque, encore plus développée. Elle est, en tous cas, à l'origine de toute une littérature noire et, ce qui est bien plus grave encore, de ces phénomènes de terrorisme, de violence qu'on voit tellement se répandre. L'homme possède en lui un instinct de destruction, une imagination destructrice, il faut bien le voir. Et comme actuellement on passe très vite de l'aspect verbal à la réalisation, il y a comme une surenchère dans ce domaine, qui s'explique par tout un point de vue esthétique. C'est le grand danger qui guette le jeune.

– Enfin, un *approfondissement du sens moral*. Ce quatrième élément est très important, et nous le verrons longuement : il est à l'origine du sens tout nouveau de la pureté qui apparaît à ce moment-là dans la conscience du jeune, en même temps qu'un sens de la force, dès qu'il aura dépassé la crainte de la mort qui se présente très fort à lui à ce moment-là aussi.

Un nouveau sens moral

Les sensations nouvelles que découvre le jeune à la puberté viennent directement de Dieu, dans leur pureté. La sexualité de l'homme contient quelque chose qui lui est propre, qui ne vient pas de la partie animale en lui. D'autre part, dans une vie où l'espérance joue un grand rôle, l'épreuve peut avoir un grand prix. A l'âge où le jeune est appelé à mener la vie des conseils évangéliques, et spécialement celui des « cœurs purs », un véritable héroïsme est exigé de lui.

Dans ce domaine, je trouve toujours frappant que ce ne sont pas les faiblesses physiques qui suppriment l'espérance mais les péchés contre la lumière : l'attitude de celui qui veut se justifier et qui, par le fait même, ne se reconnaît pas pécheur. Depuis la venue de Jésus, la conscience du péché a été illuminée en l'homme par la conscience du pardon, ce pardon qui est, spécialement pour le jeune, comme une seconde planche de salut. Beaucoup de jeunes n'auront pas, de fait, la force de garder totalement leur pureté, mais il y a comme une compensation où la grâce de Dieu peut aller encore plus loin, par le pardon. A condition, bien sûr, qu'on se reconnaisse pécheur. Si on tâche de supprimer en soi le sens du péché, on supprime l'espérance en même temps.

Le sens moral se manifeste d'abord sous le signe négatif d'une défense, d'un arrêt ; défense ou arrêt qui ne viennent pas seulement de l'extérieur, comme le dira Freud, mais bien de l'intérieur : le jeune sent très bien qu'il ne doit pas se complaire dans ses jouissances, dans son imagination malsaine, dans tout ce domaine imaginatif ou réel. Intérieurement il a le sentiment de quelque chose d'opaque, de trouble, d'obscurcissant, quelque chose je dirais d'impur, dans un sens très profond, c'est-à-dire qui enlève au cœur une certaine limpidité.

C'est le temps de la tentation. Nous avons trop tendance à penser que la tentation ne vient pas de Dieu, qu'elle est péché. En prenant la tentation comme épreuve, on se rend compte qu'elle est tout à fait nécessaire au plan de l'espérance. C'est d'abord une épreuve pour l'esprit, car apparaît à ce moment-là une forte tentation de curiosité, celle même qu'on trouve dès le péché originel. La manière dont le démon cherche à tenter par la curiosité est très significative : on veut faire soi-même des expériences, on veut connaître le bien et le mal, toutes les ressources qui sont en soi, confondant art et morale.

L'enfant est naturellement un être moral, mais l'adolescent ne peut l'être que par un dépassement. Par nature, il est un chercheur, prêt à faire toutes sortes d'expériences. Alors facilement il risque de confondre les méthodes bonnes en science ou en technique avec l'attitude exigée par la morale. Mais, dans ce domaine de la morale, c'est-à-dire de la science de notre vie, nous devons renoncer complètement à cette attitude ; et nous ne pouvons y réussir que si nous nous en remettons complètement à Dieu, avec le souci de rester toujours son disciple.

La pureté du cœur

Le second temps de l'épreuve morale vient quand le jeune a su résister à la tentation : il en sort avec une pureté du cœur toute nouvelle. La pureté de cœur n'est pas du tout l'innocence. La pureté de l'enfant n'a pas la profondeur, l'éclat de la pureté du jeune qui a su résister à la tentation : cette pureté a une sorte de virilité, de fermeté, de force et de luminosité. Par ailleurs, cette pureté du cœur n'a rien à voir avec une pruderie ou un puritanisme légaliste ou phari-saïque, elle n'est pas une pureté commandée uni-quement par la honte : elle ne pourrait plus s'appeler pureté !

La pureté du cœur est un don de Dieu qui donne la liberté ; elle nous fait vivre une théolo-gie ou une métaphysique de la sexualité qui révèle la bonté et la grandeur du corps au regard de Dieu. Celui qui a résisté à des tentations, qui est vraiment tempérant sait que la vertu de chas-teté donne une pureté nouvelle. Il est important de savoir que, dans sa plénitude, cette pureté vient de Dieu.

Ce que dit saint Thomas d'Aquin à propos de la virginité s'applique tout à fait à l'adolescence, qui, du point de vue de la morale chrétienne, est bien une période de virginité. Le monde contemporain est souvent bien loin de cette conception, mais l'Église n'a jamais dit qu'elle était changée. En réalité, cela suppose bien qu'il y ait un temps où le jeune conserve la virginité, je dirais presque avec héroïsme. Or pour saint Thomas la virginité est la vertu de tempérance portée à son maximum, et elle n'est vertueuse que si elle est pratiquée immédiatement et pro-prement pour Dieu.

La pureté du cœur se manifeste par un appro-fondissement de la foi chez l'adolescent, lui don-nant un sens du mystère et rendant son amour plus lumineux ; et surtout, par un approfondissement de l'espérance, dans le sens de la générosité et de la force. Tels sont les fruits ou les effets intérieurs de la présence de l'Esprit Saint dans un cœur pur : ce cœur est plus disponible à Dieu et aux autres, plus ouvert par le fait même qu'il a su résister aux attirances inférieures ; il est généreux pour ses amis, ouvert aux choses élevées, redoute la vulgarité, la sensualité au sens courant du mot ; le cœur est plus lumineux et porteur d'intelligence.

Dieu répond donc à la fidélité du jeune par le don d'une nouvelle espérance, spécifique à l'adolescence. La morale de l'enfant était essentiellement sous le signe de la foi et de la vertu d'obéissance. La morale de l'adolescent, elle, se situe sous le signe de l'espérance. Nous verrons quelles sont les œuvres qui développent l'espérance dans la vie du jeune, mais il me semble important de souligner combien elle est avant tout un don de Dieu. La puberté apparaît bien comme un temps d'épreuve, de combat spirituel, en un certain sens, qui nous rappelle que « le Royaume des cieux est aux violents » (Mt 11, 12).

Il est à noter également qu'apparaît dans la conscience de l'adolescent une connaissance toute nouvelle du péché. Mais c'est aussi à ce moment-là, rappelons-le, que se fait la découverte du pardon de Dieu, de son amour infini. Cette « deuxième planche de salut » va jouer un rôle capital dans le temps de la jeunesse. Si la puberté est un temps d'épreuves, de combat spirituel et bien souvent de défaites, elle peut aussi être un temps privilégié où l'on découvre le sens de « felix culpa ».

La pureté du cœur peut subsister même si le jeune connaît des défaillances occasionnelles provenant de son tempérament, ou encore d'habitudes antérieures. La découverte du pardon de Dieu développera chez lui tout l'aspect de compassion et de miséricorde, Dieu permettant des fautes dans nos vies pour que nous soyons de meilleurs apôtres, en ayant plus d'humilité et de compassion envers les autres.

La découverte de la mort

Il est un fait que l'homme a d'abord conscience de l'éternité de façon implicite et actuelle, avant d'avoir conscience de la mort. De fait, l'amour donne le sens de l'éternité, et il est frappant de voir que, chez un petit enfant de six ans, la mort apparaît sous un aspect provisoire et partiel, et que, naturellement, il est consolé en pensant au bonheur du disparu au Ciel.

Au contraire, avec l'adolescence, la mort comme séparation de l'âme et du corps apparaît sous un aspect radical et tragique, car le corps est ressenti comme partie substantielle de l'être. Il y a vraiment quelque chose de « tragique » dans cette découverte de la mort, et j'ai remarqué chez beaucoup de jeunes adolescents qui avaient perdu un être cher, que s'ils n'avaient pas eu à ce moment-là une aide très forte au plan surnaturel, ils pouvaient rester terriblement traumatisés. Un profond sentiment d'angoisse les habitait, ou l'idée que la vie est absurde, parce que leur espérance naturelle avait été terriblement ébranlée.

L'adolescence est, je crois, le moment de la vie où l'homme souffre le plus de la mort, bien plus que l'enfance. Quand un jeune perd son père ou sa mère, un frère ou un ami qu'il aime profondément, il y a en sa conscience une blessure très grave, parce qu'il découvre la mort précisément en la personne qui lui est la plus proche. Si cette découverte, à ce moment-là, n'est pas l'occasion d'une nouvelle visite de Dieu, douloureuse certes, mais véritable, elle laissera en lui une blessure non guérie.

La découverte de la mort, comme celle de la sexualité, provoque un choc extraordinaire dans notre imagination, qui se manifestera de deux manières. D'abord par l'imagination créatrice, en particulier dans le domaine artistique, avec tout un point de vue d'évasion, de compensation et de sublimation que peuvent donner les réalisations artistiques. Combien de gens « s'évadent » ainsi volontairement, par les voyages ou dans les livres, le cinéma, dans toutes sortes de rêves, parce que la réalité paraît trop rude, et qu'ils ne voient pas la solution. L'imagination créatrice, telle qu'elle est apparue avec le romantisme, peut même conduire à se faire illusion sur le véritable amour.

A l'opposé, on trouve l'imagination proche du surréalisme ; elle a ainsi subi le choc terrible de la rencontre avec la mort et touche l'horreur par l'aspect destructeur qui domine en elle sur l'aspect négatif. Il faut se méfier de cette attitude de pessimisme qui donne l'illusion de la profondeur. Comme la manière de passer de l'enfance à l'adolescence est d'avoir une certaine profondeur, cette attitude voudra perdre toute la naïveté de l'enfance.

La découverte de la mort provoquera une nouvelle tentation, qui a toujours existé dans l'univers, mais qui prend aujourd'hui une force toute spéciale : le suicide. Le suicide sous toutes ses formes, comme désir de disparaître, non seulement pour éviter la souffrance ou l'angoisse, mais par séduction d'un faux mystère, par attraction du vide...

Normalement, le jeune rencontre la mort chez les autres, alors que le vieillard sent en lui-même les signes de sa proximité. Il y a donc une « approche », une prise de conscience de la mort très spéciale au moment de la puberté. En face d'un cadavre, d'un mourant, les réactions d'un adolescent seront tout à fait différentes de celles d'un enfant, parce que les signes de mort prendront une signification qu'ils n'avaient pas du tout auparavant.

Ce trouble devant la mort des autres ne vient pas uniquement de la rencontre de la mort, mais aussi de la découverte de notre égoïsme très profond, qu'évidemment on cherchera toujours à nier ou à justifier. On sent bien que l'on n'est pas complètement à l'autre, quelque chose nous trouble beaucoup. D'ailleurs ce trouble disparaît quand on arrive à être plus donné aux autres. On ne peut pas rester indifférent vis-à-vis d'un mourant : ou l'on prend une attitude de dureté, de fermeture, ou bien l'on communie vraiment à lui et il faut alors que Dieu nous prenne tellement dans son amour que nous dépassions le point de vue naturel. La mort est vraiment une réalité qui nous oblige à admettre que nous avons une destinée surnaturelle et que notre situation concrète, notre vie telle que nous la vivons actuellement, doit être placée aussi à un plan surnaturel. Sinon, réellement, on est tenté de dire : « C'est absurde », mais ce mot fait tellement mal quand celui qui meurt est un être cher... La mort est terrible mais elle ne supprime pas l'amour. C'est toujours la personne qu'on a aimée, qu'on continue à aimer...

Ce trouble très profond va donc être à l'origine de l'angoisse métaphysique, plus encore que le trouble de l'imagination amené proprement par la puberté dont nous parlions auparavant. De fait, un homme qui n'est plus superficiel a un certain sens de la mort, qui l'oblige à une profondeur. C'est pourquoi si, psychologiquement, ce trouble paraît purement négatif, il ne l'est pas en réalité.

Le symbole du martyre

Le sens du martyre, très frappant dans l'Écriture, vient apporter un éclairage chrétien à toute cette question de la crainte de la mort. Le symbole du sang, si présent chez saint Jean, complète celui du feu dont nous parlions à propos de la sexualité. Si on croit à une connaissance affective que Dieu nous a donnée, qui n'est ni la sensation, ni la connaissance raisonnable et rationnelle, on comprend le rôle si important du martyre, tant admiré et tant aimé par les prophètes de l'Ancien Testament et par tous les saints. Par le fait même, cet amour du martyre nous fait découvrir d'une façon positive le rôle de la mort dans notre vie, mais aussi dans la vie de l'ensemble du monde.

L'Église a d'abord été l'Église des martyrs ; elle s'est propagée par eux. Pour le comprendre, il faut voir que le martyre est donné justement comme un signe d'espérance. Dans l'histoire de l'Église, la plupart du temps, la vocation apostolique trouve son maximum dans la vocation missionnaire, car il y a un lien entre mission et martyre.

Dans son éducation, Dieu a mis en nous ce sens de la cogitative très mystérieux, mais qui vient de lui et qui fait que nous avons besoin d'avoir des modèles, des héros. Nous avons besoin de considérer en Jésus l'aspect du martyre, de nous rappeler que les apôtres et les premiers chrétiens ont été martyrs. Et ce pour que la mort nous apparaisse non pas sous un aspect morbide mais comme un signe du don total, qu'elle soit comme transfigurée en nous.

A une certaine période de notre vie, nous ne sommes pas encore capables de prendre la mort telle qu'elle se présentera normalement dans la vieillesse, sous son aspect d'agonie. Pour être capables de vivre l'agonie, nous devrons être plus forts et avoir été formés d'abord par cet idéal du martyre. Cela reste quelque chose de très mystérieux, mais nous devons le prendre comme un objet de notre foi, de notre espérance. Et cela nous attire des grâces pour que nous voyions d'une autre manière la mort mais aussi le corps, car cette spiritualité du martyre - on le voit dans la vie des saints - fait aimer et avoir un très grand respect pour le corps. Si le don total fait à Dieu implique ce point de vue de la mort, c'est que nous donnons à Dieu un cadeau précieux ; quand nous voulons bien mourir pour lui, c'est que notre vie humaine, notre corps a un prix.

Le jeune, comme tel, a besoin essentiellement d'idéal, de héros. La preuve est qu'il sera très vite entraîné par de « faux prophètes », par des hommes qui pourront faussement paraître un instant des héros. L'adolescence est encore un âge de disponibilité, un âge qui regarde beaucoup plus le point de vue des finalités que celui des réalisations. C'est pourquoi il est capital de présenter au jeune de véritables héros, de vrais prophètes, qui lui révéleront que l'amour n'est pas seulement une communion de deux êtres pour l'épanouissement ou pour la joie, mais plus profondément, une communion en vue d'un don. Et sur la terre, ce don ne peut se réaliser pleinement que dans la croix. De fait, les vrais, les seuls héros qui demeurent, sont les saints, ceux qui ont pratiqué les conseils évangéliques en plénitude. Or, parmi les saints, il est frappant qu'il y ait essentiellement des martyrs et des vierges.

La virginité

La virginité chrétienne est née dans l'Église dès qu'il n'y a plus eu de martyrs, mais les meilleurs chrétiens ont continué à sentir ce besoin d'héroïsme, de se donner pleinement - c'est ainsi que les ordres religieux se sont établis. Dans cette ligne, Dieu appelle l'homme à vivre au moins pendant un temps une certaine morale héroïque, pour que sa volonté soit trempée, son cœur purifié, et qu'ensuite son mariage soit vraiment pris comme un service.

Cette manière de présenter la vie sous l'aspect un peu héroïque est beaucoup plus vraie et répond plus à la mentalité actuelle des jeunes. Mais on parle encore moins aujourd'hui de l'héroïsme de la virginité que du martyre, et la virginité n'est pas du tout présentée comme une forme d'héroïsme. Ce qui réclame du jeune un héroïsme encore plus grand contre l'esprit du monde qui veut minimiser ou même nier toute morale sexuelle.

La virginité, en réalité, elle est comme le signe premier sous lequel l'Esprit Saint se révèle un peu à nous comme l'Époux divin, le Bien-Aimé. La virginité, dans son sens plénier, se rattache à Marie et à Jésus : Dieu a choisi la virginité de Marie comme signe de la divinité de Jésus et de sa mission évangélique. Ceci nous montre combien le jeune, à la fin de son adolescence, a besoin d'une véritable amitié avec Jésus, dans l'Esprit Saint, et de vrais prophètes et modèles pour le soutenir dans cet idéal qui l'oriente vers une réalité cachée mais unique. Il faut qu'il se laisse patiemment et docilement former par cet idéal qui le dépasse. Mais ses modèles sont réels, ce sont Marie et les saints. Les actes de foi et d'espérance qu'il fait alors, attirent de nouveaux dons de Dieu, le fortifient de l'intérieur. Son espérance grandit et le défend contre tout rêve, grâce à cette amitié réelle avec Jésus.

Si la virginité reste très cachée et très difficile, il me semble qu'à notre époque nous pouvons trouver tout un jalon d'espérance dans les œuvres de miséricorde. Les personnes qui souffrent le plus sur la terre sont finalement celles qui ne peuvent pas se marier, ou qui ont été blessées d'une manière ou d'une autre dans leur mariage. Pour venir à leur secours, il est certain que la virginité permet une paternité, une maternité spirituelles auxquelles ces personnes sont extrêmement sensibles. Sous ce biais de la charité, beaucoup de jeunes actuels peuvent comprendre que la virginité, appuyée sur l'amitié avec Jésus, donne un cœur très disponible pour aller au secours des autres.

L'héroïsme de la petitesse

Nous entrevoyons là comme un troisième héroïsme offert au chrétien, à l'école d'une sainte Thérèse de l'Enfant-Jésus : l'héroïsme de la petitesse. Sainte Thérèse comme nous l'avons vu, avait au début de sa vie un idéal de sainteté héroïque. Lorsque sa cause de béatification a été introduite, on n'a rien vu de remarquable dans sa vie ! C'est en vain qu'on a cherché des traces de « vertus héroïques », comme on les trouve normalement chez les saints. Mais on a vu qu'en tout, elle avait cherché à faire la volonté de Dieu, surtout dans les petites choses. Et cela demande un héroïsme bien plus grand ! On a découvert que le véritable héroïsme chrétien apparaît justement dans la pratique des petites choses.

Toute la grandeur de sainte Thérèse est faite d'une note d'humilité radicale, celle des tout-petits qui ne comptent plus sur leur force mais s'appuient sur la miséricorde de leur Père. Sainte Thérèse avait bien conscience qu'elle était plus petite que son grand maître saint Jean de la Croix, beaucoup plus petite que les martyrs dans le domaine des dons naturels ; mais Dieu ne lui demandait pas d'avoir les mêmes dons qu'un missionnaire, qui doit tremper dans tant de choses rudes. Son cas reflète un peu celui de la Sainte Vierge : dans le Magnificat, ce n'est pas la magnanimité humaine qui est exaltée, mais l'humilité : « Dieu a exalté la bassesse de sa servante ». L'humilité suppose plus que l'héroïsme, elle suppose la sainteté.

TABLE DES MATIÈRES

Achevé d'imprimer en décembre 2001
sur les presses de Saint-Paul France S.A.
55000 Bar le Duc
Dépôt initial : juin 1994
Dépôt légal : décembre 2001
N° 11-01-1531